SUCCESSION

De Madame la Comtesse de Z.

JOYAUX

COLLIERS DE PERLES

DIAMANTS ET PIERRES DE COULEUR

Objets d'Art

ET

D'AMEUBLEMENT

PARIS — 1905

CATALOGUE

DES

JOYAUX

COLLIERS DE PERLES

DIAMANTS ET PIERRES DE COULEUR

OBJETS DE VITRINE, MINIATURES, ORFÈVRERIE

ANCIENNES PORCELAINES DE CHINE

PENDULES, BRONZES, MEUBLES

TENTURES — TAPIS

Dépendant de la Succession de Madame la Comtesse de C***

ET DONT LA VENTE AURA LIEU, A PARIS

HOTEL DROUOT, SALLE N° 1

DU LUNDI 17 AU JEUDI 20 AVRIL 1905

à deux heures

COMMISSAIRE-PRISEUR

Me PAUL CHEVALLIER, 10, rue Grange-Batelière

EXPERTS

MM. MANNHEIM
7, rue Saint-Georges

M. G. FALKENBERG
6, rue Lafayette

EXPOSITIONS

PARTICULIÈRE : *Le Samedi 15 Avril 1905.* } DE 1 HEURE 1/2
PUBLIQUE : *Le Dimanche 16 Avril 1905.* } A 5 HEURES 1/2

CONDITIONS DE LA VENTE

Elle sera faite au comptant.

Les acquéreurs paieront *dix pour cent* en sus des prix d'adjudication.

L'exposition mettant le public à même de se rendre compte de l'état et de la nature des objets, aucune réclamation ne sera admise, une fois l'adjudication prononcée.

Paris. — Imprimerie de l'Art, E. Moreau et Cie, 41, rue de la Victoire.

ORDRE DES VACATIONS

Le Lundi 17 Avril 1905

Bijoux	1 à 34

Le Mardi 18 Avril 1905

Bijoux	35 à 63
Orfèvrerie	64 à 85

Le Mercredi 19 Avril 1905

Faïences et Porcelaines	86 à 121
Miniatures	122 à 156
Objets de vitrine	157 à 197

Le Jeudi 20 Avril 1905

Objets variés de la Chine et du Japon	198 à 225
Objets divers	226 à 237
Pendules, Bronzes	238 à 257
Meubles	258 à 286
Tentures, Tapis	287 à 299

DÉSIGNATION

BIJOUX

1 — Deux médaillons variés en or, l'un avec monogramme émaillé bleu, l'autre en agate, avec fleurs en émail et roses.

2 — Trois broches variées en or, perles, roses, camées et intailles : bustes de profil.

3 — Aigrette en argent, montée de roses.

4 — Quatre broches-églantines en or, enrichies de diamants. En deux dimensions.

5 — Deux broches, forme étoiles, en or, enrichies de roses.

6 — Deux bracelets en or, composés de chaînettes réunies à des plaques, enrichies de roses sur fond émaillé à rinceaux.

7 — Bracelet en or, repercé à jour.

8 — Épingle de coiffure en écaille blonde, montée en or, avec scarabée en cornaline.

9 — Cinq broches, forme marguerites, en or et roses.

10 — Bracelet en or, forme torsade, enrichi de deux grosses roses.

11 — Deux épingles en or, montées chacune d'une perle fine et réunies par une petite chainette à maillons, interrompus par de petites perles.

12 — Chaîne de cou en platine, enrichie de petits brillants.

13 — Médaillon, forme cœur, en or émaillé noir, enrichi au centre d'une grosse rose.

14 — Deux boucles d'oreilles en or, incrustées chacune d'un gros et d'un petit brillant.

15 — Deux épingles à chapeau, terminées chacune par une sphère pavée de brillants et roses.

16 — Six épingles de coiffure en écaille blonde, ornées chacune d'un fer à cheval pavé de roses.

17 — Broche en or et argent, montée d'une opale placée entre deux ailes pavées de brillants et roses.

18 — Broche, formée d'un édelweiss, en or et argent, montée de brillants et de roses.

19 — Pince-cigarette en or, roses et petits rubis.

20 — Collier, composé de cinquante perles fines.

21 — Chaine de cou, composée de deux cent cinquante-quatre perles fines.

22 — Chapelet turc, composé de quatre-vingt-neuf perles fines, interrompues par deux petites poires enrichies de roses, et terminé par une perle poire à laquelle est suspendue une chainette d'or, interrompue également et terminée par des ornements enrichis de roses.

23 — Chaine-sautoir en platine, formée de cent soixante brillants.

24 — Broche en or, enrichie d'une perle fine et de quatre brillants posés en croix.

25 — Deux boucles d'oreilles en or pavé de petits brillants avec, pour chacune d'elles, une pendeloque formée d'un brillant ancien.

26 — Deux boucles d'oreilles en or, formées chacune d'une perle fine surmontée d'un petit brillant.

27 — Deux boucles d'oreilles en or, formées chacune d'une perle noire surmontée d'un petit brillant.

28 — Chainette en platine avec coulant, ornée de petits brillants, terminée par deux gros brillants.

29 — Dromadaire formé d'une perle baroque montée en or ciselé.

30 — Bijou-pendeloque, de style égyptien, en or, avec parties émaillées, enrichi de diamants et perles : tête humaine, têtes de chevaux, serpents, rinceaux, etc. Chaîne de suspension en or avec petits motifs émaillés.

31 — Bague en or à chaton formé d'une miniature : portrait de femme en corsage bleu.

32 — Bague en or, émail et petites roses, à chaton formé d'une miniature : portrait de femme, un diadème dans les cheveux. Commencement du XIXe siècle.

33 — Deux bagues variées en or : l'une à chaton, turquoise avec couronne, l'autre à chaton émaillé orné d'un monogramme.

34 — Deux bracelets composés chacun de douze perles fines interrompues par douze petits cubes en platine, montés de petits brillants.

35 — Broche, bracelet, boucles d'oreilles et chaîne de cou en or et jais.

36 — Chapelet turc en or et jais avec petites perles.

37 — Bague en or, enrichie d'un saphir cabochon et de petites roses.

38 — Bague en or ciselé, enrichie d'une émeraude cabochon et de petites roses.

39 — Bague en or, enrichie d'un rubis cabochon et de petites roses.

40 — Bague en or ajouré, enrichie de petits brillants et de roses à chaton orné d'un gros brillant.

41 — Bague en or, pavée de petits brillants à chaton formé d'un gros brillant.

42 — Bague-marquise en or, à châton, pavé de brillants.

43 — Bourse en or, enrichie de petites perles.

44 — Bracelet, composé de neuf pièces, de style grec.

45 — Chaine-sautoir en or, à maillons interrompus par dix-sept perles fines.

46 — Broche, forme croissant, en or, enrichie de quinze gros brillants, accompagnés d'autres brillants plus petits.

47 — Diadème en or, enrichi de brillants, composé d'arceaux, avec pendeloques et d'entrelacs.

48 — Broche de corsage en or, enrichie de brillants.

49 — Bracelet en or et argent, composé de six plaques articulées, avec motifs d'entredeux, et enrichies de brillants.

50 — Deux bracelets en or, composés de six chaînettes filigranées et d'une plaque-fermoir, pavée de brillants. Ils peuvent se réunir et former collier.

— Broche-barrette en or, composée de cinq perles et quatre brillants.

52 — Autre en or, composée de cinq rubis et quatre brillants.

53 — Broche-barrette en or, composée de cinq gros brillants et cinq pampilles, ornées de brillants.

54 — Bijou-pendeloque en or et émail, composé d'une chauve-souris, à tête de femme, avec perle poire et chaînette, ornée d'un brillant.

55 — Broche de corsage en or, formée de branchages, enrichis de brillants et roses, et d'une fleur exécutée en émail rouge translucide et brillants.

56 — Broche en or et brillants, formée d'entrelacs et d'une pendeloque, et enrichie, au centre, d'un rubis-cabochon.

57 — Pendeloque, composée d'une émeraude cabochon, de forme ovoïde, montée, à feuillages, en or, et enrichie de brillants et de roses.

58 — Broche et deux boucles d'oreilles, formées de nœuds de rubans et feuillages en or, brillants et roses, avec pendeloques émeraudes cabochons.

59 — Broche, nœud de ruban, en or et platine, montée de brillants et roses.

60 — Lot de petits brillants sur papier.

61 — Lot de petites perles sur papier.

62 — Épingle en or et roses.

63 — Lot de débris variés : or, brillants et roses.

ORFÈVRERIE

64 — Sucrier ovale en argent ajouré ; double-fond de verre rouge.

65 — Deux candélabres, à deux lumières, en argent ; disposés pour l'électricité.

66 — Quatre petits plateaux, à décor de rocailles ; fonds dorés ; argent.

67 — Petit arrosoir en argent.

68 — Coupe sur piédouche, décor de style chinois en argent.

69 — Grande aiguière en argent.

70 — Miroir encadré d'argent, décor d'amours, coquille, guirlandes.

71 — Deux candélabres, à deux lumières : enfants nus. Argent.

72 — Coupe, avec couvercle et plateau, en argent; décor de branchages.

73 — Jardinière oblongue en argent; décor de grappes de raisin.

74 — Boite ronde à bonbons en argent.

75 — Petite bouteille, de style japonais, en argent.

76 — Petit porte-fleurs : argent ajouré. Style japonais.

77 — Applique porte-montre en argent.

78 — Deux petites jardinières, forme corbeilles. Argent ajouré.

79 — Plateau sur trois petits pieds en argent.

80 — Deux petits flambeaux en argent.

81 — Encrier en filigrane d'argent. Travail oriental.

82 — Petit jouet, formant fontaine, en argent.

83 — Deux théières, sucrier, six tasses et six soucoupes, forme feuilles d'eau en argent.

84 — Plateau ovale en argent, à bordure ajourée. Travail oriental.

85 — Miroir rond, doublé d'argent. Travail oriental.

FAIENCES ET PORCELAINES

86 — Plat creux à ombilic en ancienne faïence hispano-mauresque, décor bleu et à reflets métalliques : feuillages.

87 — Plat en ancienne faïence hispano-mauresque ; décor de rangées de petites feuilles, reflets métalliques.

88 — Trois plats variés à ombilic en ancienne faïence hispano-mauresque : décor à reflets métalliques.

89 — Plat à ombilic en ancienne faïence hispano-mauresque ; décor en bleu et à reflets métalliques.

90 — Plat creux en ancienne faïence de Manissès ; décor à reflets ; très large feuille.

91 — Coupe décorée de dragons en ancienne porcelaine de Chine, famille verte.

92 — Bol à décor de quatre compartiments : fleurs et kiosques. Même porcelaine.

93 — Bol, fleurs sur fond jaune. Porcelaine de Chine.

94 — Vase ovoïde en ancien céladon vert fleuri de la Chine ; monté en lampe en bronze.

95 — Deux cornets en ancienne porcelaine de Chine, famille verte, décorés, sur la panse et le col, de combats, dans des paysages. Bases en bronze.

96 — Vase surbaissé en ancien céladon vert de la Chine gaufré sous couverte. Base en bronze.

97 — Deux vases-rouleaux en ancienne porcelaine de Chine ; décor doré sur fond bleu-soufflé.

98 — Vase décoré en couleur, de dragons dans les flammes. Monté en lampe, en bronze. Chine, époque Kien-lung.

99 — Deux flacons à thé, à pans, en ancien céladon bleu-turquoise de la Chine.

100 — Deux petits vases quadrilatéraux en ancien céladon bleu-turquoise de la Chine. Montures en bronze.

101 — Petit vase en ancien céladon bleu-turquoise de la Chine. Monture en bronze.

102 — Petit vase en ancien céladon bleu-turquoise de la Chine, gravé sous couverte.

103 — Plat creux : oiseaux sur un arbuste. Chine.

104 — Deux vases-rouleaux en porcelaine de Chine, décorés de personnages avec carrelages et quadrillés au col, à l'épaulement et au culot. Montés en lampe en bronze.

105 — Petite tasse en porcelaine de Chine émaillée blanc sur blanc.

106 — Aiguière forme persane, en porcelaine de Chine, décor rouge.

107 — Vasque en porcelaine de Chine : oiseaux et lambrequins.

108 — Bol en porcelaine du Japon : décor à compartiments.

109 — Boite à compartiments superposés en porcelaine du Japon.

110 — Coupe en poterie du Japon, à paysages.

111 — Deux vases en céladon gris craquelé du Japon.

112 — Petit vase à pans, décor bleu. Porcelaine du Japon.

113 — Deux petits vases, décorés de dragons en ronde-bosse. Porcelaine italienne.

114 — Tasse et soucoupe, à sujet mythologique, en porcelaine de Vienne.

115 — Deux tasses avec soucoupes : personnages. Ancienne porcelaine de Frankenthal.

116 — Figurine de joueur de cornemuse, assis, en ancienne porcelaine de Saxe.

117 — Salière double en porcelaine de Berlin.

118 — Sucrier avec couvercle et soucoupe. Saxe surdécoré.

119 — Petit vase, émaillé bleu, en porcelaine de Sèvres moderne.

120 — Petite marmite : fleurs. Porcelaine dure.

121 — Deux très petits cornets en porcelaine à fleurs.

MINIATURES

122 — Miniature rectangulaire : Portrait de deux enfants, l'un assis sur une chèvre et tenant une corbeille de fruits ; l'autre, à son côté, une main placée sur son épaule. Commencement du XVIIIe siècle.

123 — Miniature ronde, par *Dumont*, signée : Portrait d'homme en buste, vêtu d'un habit gris-perle.

124 — Miniature ronde : Portrait de femme vêtue de violet, tenant dans ses bras une petite fille en costume blanc. XVIIIe siècle.

125 — Miniature ronde : Portrait de femme, les cheveux poudrés, tenant dans la main droite une guirlande de fleurs. Époque Louis XV.

126 — Miniature rectangulaire : Portrait de femm enguirlandée de fleurs, vêtue d'un corsage blan et d'une draperie bleue. Époque Louis XV.

127 — Petite gouache ovale : Vue de torrent avec pont en bois. XVIIIe siècle.

128 — Dessin rond rehaussé de couleurs : ..mou musicien. XVIIIe siècle.

129 — Miniature ronde : Portrait d'officier. XVIIIe siècle.

130 — Miniature oblongue : Vue de parc, portant la signature : *Van Blarenberghe.*

131 — Fixé rond : Naufrage.

132 — Miniature ronde : Offrande à un dieu terme, par *Sauvage*. Signée.

133 — Miniature ronde : Jeune femme assise sur une chaise. Signée : *Langlois*. Fin du XVIIIe siècle.

134 — Miniature ronde : Joueuse de tambourin. Signée. Fin du XVIIIe siècle.

135 — Miniature ronde : Jeune femme et enfant. Signée : *Thiboust, 1798*.

136 — Miniature ronde : Portrait de femme en costume blanc, avec écharpe bleue, la poitrine et les bras nus. Fin du XVIIIe siècle.

137 — Miniature ovale : Portrait de femme en costume mauve changeant, décolleté. Signée : *A. Molenaz*.

138 — Miniature ronde au vernis : Guillaume Tell repoussant du pied la barque dans laquelle se trouvent les soldats qui l'emmenaient.

139 — Petite miniature rectangulaire : Paysage, par *Watelet*.

140 — Miniature rectangulaire : Bacchant nu, assis.

141 — Miniature rectangulaire : Sujet galant.

142 — Miniature ronde : Jeune femme en buste.

143 — Miniature ovale : Jeune femme à sa toilette.

144 — Miniature rectangulaire : Portrait de femme, d'après l'École anglaise.

145 — Miniature : Tête de femme; cadre en cuivre ajouré.

146 — Deux miniatures ovales à l'huile : Paysages. Encadrées.

147 — Deux grandes miniatures : Louis XVI et sa famille. Cadres en argent.

148 — Miniature, par *Klimsch* : la Partie de cartes, Encadrée.

149 — Deux miniatures rondes : Sujets allégoriques.

150 — Miniature ovale : Portrait de femme en costume Louis XVI.

151 — Gouache ronde, présentant sept médaillons, à sujets mythologiques.

152 — Miniature ronde : Jeune femme nue, en buste.

153 — Deux miniatures rondes : Sujets galants.

154-155 — Huit miniatures variées : Portraits de femmes et d'hommes, de diverses époques.

156 — Miniature ovale en grisaille : Jeux d'amours.

OBJETS DE VITRINE

157 — Boîte en écaille, posée or, avec incrustations de nacre : personnages. Époque Régence.

158 — Petit flacon, forme fruit, à bouchon, oiseau. Ancienne porcelaine de Chelsea.

159 — Petite boîte ovale en cristal taillé ; monture en or de couleur, du temps de Louis XV.

160 — Boîte ovale en pierre d'améthyste ; monture or, à charnière. Époque Louis XV.

161 — Étui en agate recouvert d'un réseau d'or, à personnages et rocailles, contenant deux flacons ; bec du couvercle décoré de pierreries.

162 — Montre en or, avec parties émaillées et jargons : panier de fleurs. Cadran signé : *Isaac Soret et fils*. Époque Louis XVI.

163 — Étui plat en poudre d'écaille violette, posée et galonnée or, décoré de deux miniatures. Époque Louis XVI.

164 — Tabatière ovale en cuivre argenté et doré, ornée d'un camée dur. Époque Louis XVI.

165 — Boîte ronde, décorée au vernis : jeux d'enfants. Fond vert. XVIIIe siècle.

166 — Boite ovale en or émaillé : médaillons à personnages, sur fond quadrillé blanc. Genève, fin du XVIIIe siècle.

167 — Boite oblongue en or émaillé bleu. Genève, commencement du XIXe siècle.

168 — Boite oblongue en or émaillé : paysages, sur fond vert; bordure bleue. Revers du couvercle émaillé. Genève, commencement du XIXe siècle.

169 — Boite ovale en or émaillé : fruits, sur fond bleu-clair. Genève, XIXe siècle.

170 — Boite ovale, à bords festonnés, en or émaillé : instruments de musique, sur fonds rose et vert. XIXe siècle.

171 — Flacon à sel en cristal monté or.

172 — Montre-loupe en or émaillé. Commencement du XIXe siècle.

173 — Tabatière, forme navire, en écaille brune, posée or à étoiles, ornée d'un fixé. XVIIIe siècle.

174 — Montre en or pavée de brillants avec barrette de suspension en or et brillants également.

175 — Montre, forme panier, en or émaillé et demi-perles; chainette de suspension et petite clé en or.

176 — Agrafe de ceinture en or. Travail turc.

177 — Quatre porte-tasses en or ajouré et émaillé ; l'un d'eux enrichi de petits diamants. Avec tasses en porcelaine dure.

178 — Deux porte-tasses en or repercé à jour avec tasses en porcelaine blanche.

179 — Lorgnette en écaille et aluminium.

180 — Flacon en cristal monté argent ; bouchon : figurine d'enfant.

181 — Flacon, forme vase, argent et lapis.

182 — Petite cuiller argent émaillé et cristal.

183 — Flacon en verre bleu, à bouchon d'or de couleur.

184 — Petite boite en topaze, monture enrichie de pierreries.

185 — Presse-papier, en forme de lion, composé d'une perle baroque montée or.

186 — Breloque, forme panier, en or et agate.

187 — Tabatière, forme navire, en calcédoine, montée or, à charnière et enrichie de pierreries.

188 — Coupe, forme bateau, en agate, monture en bronze doré.

189 — Drageoir en or partiellement émaillé : attributs de l'amour.

190 — Etui-nécessaire, forme poisson, en argent.

191 — Montre de dame, forme boule, en or, à décor de filigranes.

192 — Châtelaine avec montre en or : chiffre en roses.

193 — Châtelaine avec montre en or émaillé : Jeune fille et brebis.

194 — Flacon à sels en cristal, monté en or, roses et lapis.

195 — Trois face-à-mains en écaille brune et blonde.

196 — Éventail Empire, à monture d'écaille et d'or émaillé.

197 — Éventail, du temps de Louis XV, à monture d'ivoire et nacre ; feuille allégorique au Triomphe d'Amphitrite.

OBJETS VARIÉS DE LA CHINE ET DU JAPON

198 — Deux jardinières oblongues en cuivre gravé et émail cloisonné de la Chine.

199 — Vase en ancien émail cloisonné de la Chine; fleurs en couleur sur fond bleu. Monté en lampe en bronze.

200 — Deux vases, à panses aplaties, en émail cloisonné de la Chine : dragons et fleurs en couleur sur fond bleu.

201 — Deux jardinières rondes en émail cloisonné de la Chine, à fond bleu.

202 — Deux pièces : petite jardinière ronde et petite boite carrée en émail cloisonné de la Chine.

203 — Coupe en agate blonde mamelonnée de la Chine.

204 — Théière en jade gris-verdâtre de la Chine. Monture en bois ajouré et sculpté.

205 — Brûle-parfums tripode, avec couvercle, en jade vert de la Chine, sur base en jade blanc ajouré. Décor de dragons.

206 — Coupe ronde, à décor de branchages ajourés, en jade gris de la Chine.

207 — Plaque, ornée de dragons, en jade gris de la Chine.

208 — Cerf couché en cristal de roche. Chine.

209 — Flacon-tabatière, simulant un fruit, en verre imitant le jade. Chine.

210 — Porte-tablette et éventail, ivoire sculpté de travail chinois.

211 — Deux jardinières en bronze partiellement émaillé, avec plaques de jade gravé à inscriptions.

212 — Petit vase, décoré de cordelettes. Bronze de la Chine.

213 — Jardinière ronde sur base à feuilles en bronze uni de la Chine.

214 — Jardinière cylindrique, fleurs sur fond carrelé. Bronze de la Chine.

215 — Coupe ronde en bronze : décor simulant les flots de la mer. Chine.

216 — Cornet en bronze, avec arêtes saillantes. Chine.

217 — Boite, à compartiments superposés, en laque burgautée de la Chine.

218 — Deux canards et plantes aquatiques en bronze sur bases en bois. Travail japonais.

219 — Deux brûle-parfums tripodes en bronze, décor d'armoiries. Japon.

220 — Vase en bronze, décor de personnages. Japon.

221 — Brûle-parfum oblong, avec couvercle, décor de dragons. Bronze du Japon.

222 — Boite, simulant un porc, en bronze du Japon.

223 — Théière japonaise en fer.

224 — Seau cylindrique en émail cloisonné, du Japon.

225 — Bol avec couvercle en ivoire sculpté, à branchages. Japon.

OBJETS DIVERS

226 — Statuette de femme, tenant un oiseau, en ivoire.

227 — Statuette de jeune seigneur en ivoire.

228 — Statuette en terre cuite, genre Tanagra.

229 — Petit vase en verre bleu, monture Louis XIII en bronze.

230 — Deux coupes en jaspe vert sanguin, sur bases à cariatides d'amours, en bronze.

231 — Médaillon en bronze : Henri IV.

232 — Gobelet en cristal de roche, décoré d'oiseaux et d'insectes ; pied garni d'argent.

233 — Thermomètre et calendrier, dans des cadres variés en bois doré.

234 — Lampe cylindrique en métal martelé, décor de fleurs, genre japonais. Maison *Tiffany*.

235 — Petite boite, décorée de fleurs et bambous en métal. Style japonais.

236 — Un volume : Plantes, à l'aquarelle, par *Redouté* et *Prévost*. Reliure de Gruel.

237 — École hollandaise. Nature morte. Toile. Cadre en bois sculpté et doré, du temps de Louis XIV.

PENDULES, BRONZES

238 — Pendule en bronze et porcelaine, à mouvement cantonné de pilastres et surmonté d'un vase.

239 — Pendule en bronze et bois noir, surmontée d'un aigle. Travail viennois, commencement du XIXe siècle.

240 — Pendule en bronze et cristal : Femme et Amour. Commencement du XIXe siècle.

241 — Groupe de deux enfants jouant en bronze. Socle en marbre.

242 — Statuette de Neptune en bronze. Base en marbre.

243 — Garniture de cheminée : pendule à figure d'Amour et deux candélabres-vases en granit gris, bronze patiné et doré. Maison *Dasson*.

244 — Paire de flambeaux en bronze doré : figurine d'Amour. Maison *Dasson*.

245 — Garniture de cheminée : pendule et deux candélabres, bronze doré et malachite. Maison *Raingo*.

246 — Pendule en bronze, de forme contournée, surmontée d'oiseaux.

247 — Deux vases en marbre cipolin, montés bronze.

248 — Deux vases ovoïdes cannelés, avec couvercles, en marbre de couleur, montés bronze.

249 — Lustre en cuivre, orné d'une figure de Renommée.

250 — Chenets, forme vases, avec galerie en bronze.

251 — Lustre, à cinq lampes en bronze, décor de figures.

252 — Petit lustre en bronze doré, à douze lumières, disposé pour l'électricité.

253 — Paire de chenets avec galerie en bronze, à vases et figurines.

254 — Paire de chenets en bronze doré : figures de chinois.

255 — Lustre en bronze et cristaux, disposé pour l'électricité.

256 — Suspension en métal argenté, disposée pour l'électricité. *Maison Lerolle.*

257 — Quatre appliques assorties.

MEUBLES

258 — Table-bureau, à trois tiroirs, en bois de violette, garni de bronzes. Epoque Louis XV.

259 — Bureau à cylindre Louis XVI en acajou, garni de bronzes.

260 — Grande armoire-étagère en bois sculpté, ornée de panneaux d'ancienne laque de Coromandel.

261 — Autre, plus petite, analogue.

262 — Table-bureau analogue.

263 — Secrétaire à abattant, portes et tiroirs, surmonté d'une pendule, de forme contournée, en bois de placage et marqueterie de bois de violette, garni de bronzes. Genre Régence.

264 — Bibliothèque en bois de placage garni de bronzes. Dessus de marbre brèche d'Alep.

265 — Glace dans un cadre en bois doré et glace à décor de rocailles.

266 — Table carrée à un tiroir en acajou, garnie de bronzes. Dessus de porphyre. Genre Louis XVI.

267 — Meuble vitré à hauteur d'appui en bois de placage, garni de bronzes. Dessus de marbre blanc.

268 — Table de salle à manger avec allonges.

269 — Fauteuil de bureau en acajou, canné.

270 — Chaise-longue, fauteuil et deux chaises couverts de damas chaudron.

271 — Fauteuil en bois sculpté, rehauts de dorure, couvert en brocard à fond vieux rose.

272 — Tabouret en bois et canne dorée avec coussin d'étoffe.

273 — Tabouret à X en bois sculpté, avec coussin de brocart.

274 — Banquette en bois et canne dorée : coussin de satin brodé chinois.

275 — Console d'angle en bois doré, modèle à vase et mascaron. Dessus de marbre.

276 — Paravent à trois feuilles en bois doré et satin vert, avec broderies.

277 — Autre à quatre feuilles : glaces et soie brodée à fleurs.

278 — Fauteuil capitonné en velours, fond chaudron.

279 — Fauteuil de bureau en bois sculpté et canné.

280 — Lit à deux places en marqueterie de bois de couleur, avec rehauts de dorure. *Maison Plaisant.*

281 — Table de nuit assortie.

282 — Petite étagère assortie.

283 — Pupitre-étagère, décoré au vernis avec peluche rouge.

284 — Petite table de dame en bois de placage et bronzes. *Maison Dasson.*

285 — Deux gaînes-colonnettes en marbre blanc.

286 — Vitrine-applique en glaces biseautées et métal.

TENTURES, TAPIS

287 — Ciel de lit avec rideaux en damas chaudron, ornés de carrés de velours rouge avec applications de travail italien du XVIe siècle.

288 — Portière double en peluche marron, à bandeau orné de trois carrés de velours rouge, avec applications, de travail italien du XVIe siècle.

289 — Portière double en peluche marron, avec bandeau en brocart.

290 — Quatre rideaux en damas chaudron, avec deux lambrequins ornés chacun de deux carrés de velours rouge, avec applications, de travail italien du XVIe siècle.

291 — Bandeau en satin rouge, avec applications de broderies métalliques à gros reliefs : Saint Georges, colonnettes et pièces d'eau. XVIIe siècle.

292 — Deux panneaux en satin rouge brodé, à figures et inscriptions. Chine.

293 — Panneau chinois à personnages, tissu dit point des Gobelins.

294 — Cantonnière en étoffe turque.

295 à 299 — Sous ces numéros, cinq tapis variés. (Seront divisés.)

300 — Objets omis au présent Catalogue.

www.ingramcontent.com/pod-product-compliance
Ingram Content Group UK Ltd.
Pitfield, Milton Keynes, MK11 3LW, UK
UKHW032013260826
14628UKWH00005B/2459

9 782329 450643